Índice

Rourke Educational Media
A Division of Carson Dellosa Education
rourkeeducationalmedia.com

¿Puedes encontrar estas palabras?

cola

gacela

marcas

presa

¿Qué hacen las chitas?

Las chitas son grandes felinos africanos.

Las chitas tienen **marcas** en el pelaje.

¿Ves las líneas que van de los ojos a la boca?

Las chitas se equilibran con la ayuda de una larga **cola**.

Sus patas largas son rápidas.

¡Las chitas corren!

Son los animales terrestres más rápidos.

¡Las chitas ven bien!

Espían a la **presa** con sus ojos.

Las chitas cazan de día.

Pueden atrapar un conejo, un jabalí o una **gacela**.

¿Encontraste estas palabras?

Las chitas se equilibran con la ayuda de una larga **cola**.

Pueden atrapar un conejo, un jabalí o una **gacela**.

Las chitas tienen **marcas** en el pelaje.

Espían a la **presa** con sus ojos.

Glosario fotográfico

cola: parte delgada que sobresale de la parte posterior del cuerpo de un animal.

gacela: mamífero rápido, delgado y con pezuñas que vive en África y Asia.

marcas: rayas, manchas, líneas u otros patrones en el pelaje de un animal.

presa: animales cazados por otros para alimentarse.

Índice analítico

Sobre la autora

Lisa Jackson es una escritora de Ohio. Le gustaría visitar África algún día, especialmente para ver sus increíbles animales. Por ahora, le gusta alimentar a las jirafas en el zoológico de Columbus.

www.rourkeeducationalmedia.com

PHOTO CREDITS: cover: ©johan1966; pages 2, 11, 14, 15: ©Byrdyak; pages 2, 12, 14, 15: ©edeag3; pages 2, 6, 14, 15: ©Sarah_Cheriton; pages 2, 4, 14, 15: ©mrisv; page 3: ©tankbmb; page 8: ©By JonathanC Photography / shutterstock; page 10: ©Byrdyak

Edición: Keli Sipperley
Diseño de la tapa e interior: Rhea Magaro-Wallace
Traducción: Santiago Ochoa
Edición en español: Base Tres

Library of Congress PCN Data
Chita / Lisa Jackson y Santiago Ochoa
Animales africanos
ISBN 978-1-73162-934-0 (hard cover - spanish)(alk. paper)
ISBN 978-1-73162-926-5 (soft cover - spanish)
ISBN 978-1-73162-940-1 (e-Book - spanish)
ISBN 978-1-73163-363-7 (ePub - spanish)
ISBN 978-1-73160-563-4 (hard cover - english)(alk. paper)
ISBN 978-1-73160-449-1 (soft cover - english)
ISBN 978-1-73160-612-9 (e-Book - english)
ISBN 978-1-73160-686-0 (ePub - english)
Library of Congress Control Number: 2019944976

Printed in the United States of America,
North Mankato, Minnesota
02-0272511937